谜文库 | 世界是一个谜语

我喜爱一切不彻底的事物

张定浩 著

华东师范大学出版社

目录

国年路上的圣诞老人

纸箱子

雨滴

听斯可唱歌

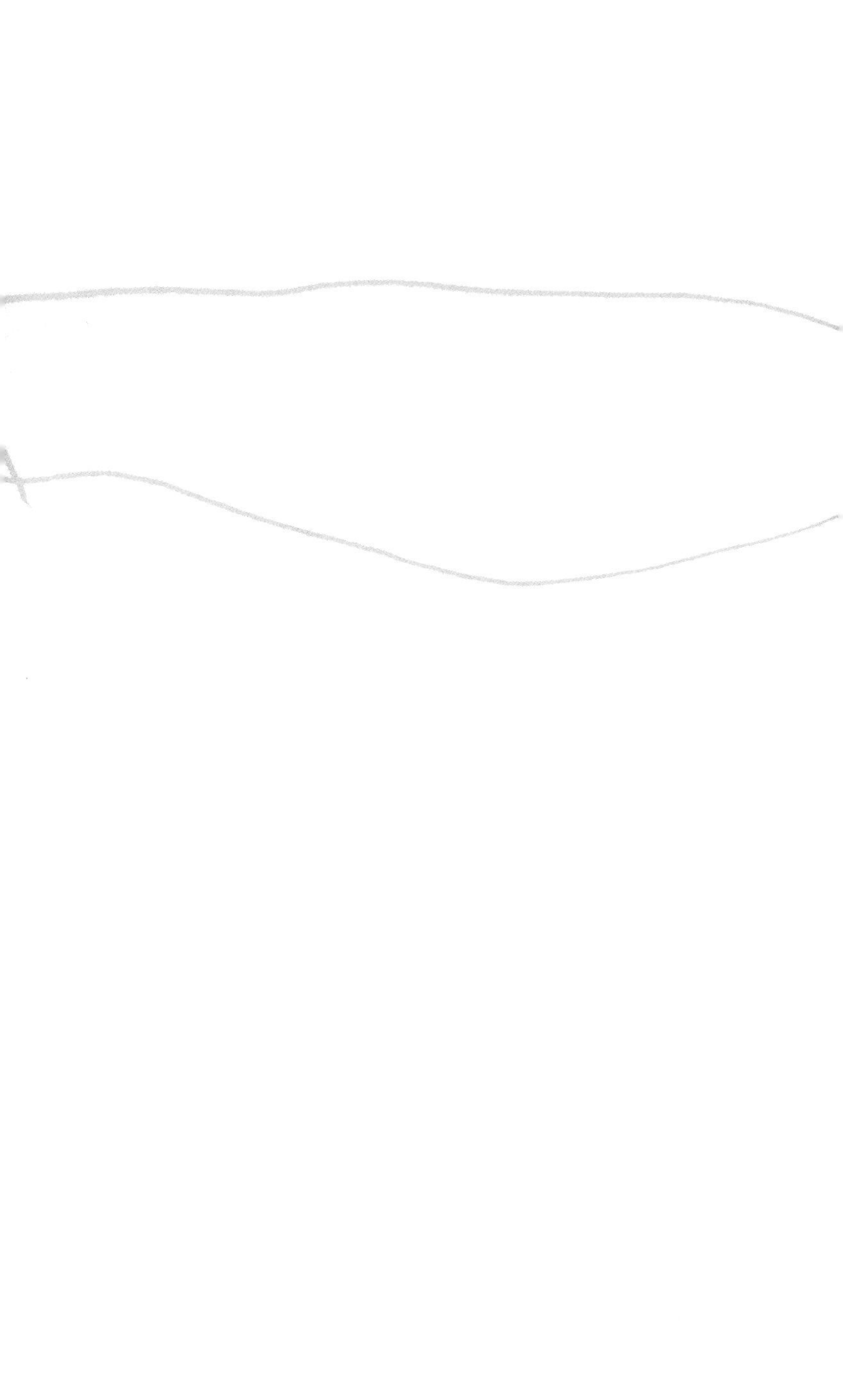

国年路上的圣诞老人

降落伞

窗外

降落伞

是这个春天

最好的花朵

我刚刚醒来

苹果落地般安详

2 0 0 2 . 1 . 5

1825年12月14日

我看见他们站成一个个方阵

在枢密院广场

严肃、庄重、如此年轻

相信沉默的力量

连卢克莱修都可以解释

他们在寒冷的十二月

聚集于此的原因

不过是起始于

一些原子的自由偏移

一个简单的物理现象

不必紧张　　不必紧张

即使他们冲进枢密院

即使沙皇被撕成风中碎片

然而，什么都没有发生

唯有沉默的方阵以及

大片飘落的雪花以及

额头缓缓凝固的汗水

可是喧嚣声已临近

炮兵正点燃引信

酒馆里的人群也纷纷走上大街

好像要提前迎接

圣子的降临

我看见大雪中均匀呼吸的他们

正如春天里轻轻振翅的蝴蝶

它们茫然不知

自己会是一场热带风暴的源头

天色开始发暗

在遮羞布徐徐拉合之前

黑色旋涡的中央

有一只蝴蝶嘶哑着歌喉

他们静静地听

2 0 0 2 . 1 2 . 2 4

冬天

暴风雪的街

路灯照亮的脚印迅速湮灭

如早夭的孩童

路灯明暗

是小汽车里口含枪管的男人以及

倒伏雪中的妇人

是厌倦爬满多孔的墙壁

画框在壁炉里思念早春的山坡

整个冬天都是这样

是没有睡醒的脸

没有打扫的房间

整个冬天我都在画一幅画

而你每天细耳倾听

远山千年积雪的坍塌

唯有猫

大步穿过客厅

你知道吗？亲爱的

浴室里的水已四处漫溢

床是唯一安全的木舟了

我们漂起来的时候

是另一个季节的鲜花

2 0 0 2 . 9

蜻蜓

这一条旅途是漫长的，

从遥远的池沼到喧嚷的街市。

它的翅翼已然无力，

不能继续为你写作

种种诡秘的诗篇。

两万只昏暗的眼睛是否曾看清

此生所居住的世界？

这是一个谜。

它抖了抖细长的腰身，

形容词纷纷脱落，

一切迅速简单，

像最初的那片白色水雾。

借着尚有粘性的长脚，

它攀紧夏日里的最后一丝风。

2002.9

平安夜

白天的雪

暮色里慢慢安静

我们坐在咖啡馆里

把黑暗小口小口喝掉

骨制瓷杯不安的晃动

在它自身的阴影中

起身　　推开椅子

推开潮湿的门

风中的紫红色围巾

调皮地点亮一盏盏路灯

你在干净的大地上埋下个愿望

“猜猜是什么？”

合唱队的歌声从远处飘过来

飘过来

2002.12

小丑汉斯

坐在大街上的小丑

一块悲伤的石头

多孔的石头

被潮水遗弃

被风吹响

那些挂满全身的脚印依旧

在风中慢慢凝固又剥落

带走最初的皮肤和鲜血

作为小丑

我必须有笑容

那些放学的孩童会跑过来

一路踢着我回家

玛丽，亲爱的玛丽

只有在你的手心里

只有在你的眼睛里

我才是一块温暖的石头

会飞翔的石头

可是此刻我身躯沉重

玛丽

此刻天空阴暗

人群匆忙四散

亲爱的玛丽

可能我永远也无法带领你

步入群星璀璨的阵营

此刻我只能坐在这里

做一块还会唱歌的石头

慢慢的

钱币和雨水一起

纷纷落下

2002.9

国年路上的圣诞老人

难得的正午阳光
是冬日里最凌厉的鞭子。
小商贩们被驱赶至此，
席地而坐或倚车站立。

在他们四角穿绳的包裹里
以及破旧的自行车后架上，
有我们为之拥挤不堪的
众多心爱之物。

从这喧嚷纷乱的人群之中，
走过来一位衣衫褴褛，身材高大，
面容严肃的老人，用一只粗裂的手
把土黄色的陶瓷小碗
端正地伸在胸前。

他好似破浪归来，

缓慢而坚定；

他的胡须漫山遍野，

阳光下飘动不止。

没有人认出他是谁。

在地下通道的出口处，

他小心坐下，

等待那些从黑暗里一步步走上来的人们

眼睛里的光芒。

2002.12.29

无伴奏的大提琴

平常的一天

窗外是雨

暮色里鱼群飞翔

墙角的蜘蛛不知去向

留下一张网

一些渐渐清朗的灰尘

某人在山谷挥动琴弦

惊动的夜鸟离巢

被我听到

而那轻轻点燃的花瓣

如你一般

香气经久不散

2 0 0 3 . 3 . 1 6

俄罗斯的男孩

1

黎明时分。

我看到你们纷纷睡去，

只剩下为你们所遗弃的梦

如同焰火，

在我闭上眼睛的刹那，

不断升向星空。

2

又一个千禧年。

数以亿计的人们彻夜不眠。

一缕来自南太平洋的阳光

是这个时代的圣水。

他们排队等待。

可他们并不祈求更多，

不像你们这些

俄罗斯男孩，

总是在期待

某个决定性时刻的到来。

3

“谁在大灾难时刻来到这个世界，
他将是幸福的。”
丘特切夫的惊人之语
不过是说出了一个
客厅里的秘密。

众多的倒计时牌被竖立，
在巴黎的广场，
在彼得堡阴暗潮湿的小房间，
在上世纪的中国。

有那么整整一代人受到诅咒，
成为被鬼魂附体的猪。
在最后时刻到来以前，
需要纵身跳下悬崖，
以幸福和拯救的名义。

4

令基里洛夫不安的

不是死亡，

而是在扣响扳机的那一刻

他是否会成为神？

而在他之前，

那些争先恐后步入冰雪的

俄罗斯男孩

似乎更为简单，

当然也更骄傲。

5

柴可夫斯基

草率地结婚旋即又逃离，

好像只是为了获得

某种痛苦的启示。

在如歌的行板中，

俄罗斯的男孩

一个个泣不成声。

6

有一种美早已逝去，

替代它的是快乐。

7

倒计时终于至零。

巨大的秒针在惊慌中

摇晃了片刻，

又继续前行。

而我闭上的眼睛

再睁开却毫无意义。

2 0 0 3 . 4 . 1 0

在斯汀的歌声里

1

“我们在天空搜寻着，

我们的杯里盛满沙子。”

是的，

是那些触目可及的流沙，

令几乎一代人的嗓音，

忽然变得嘶哑。

而随之而来的

狂野，亦或

极度的温柔，

都来自同一个

盛满尘沙的喉咙。

一切都将塌陷

在黄金的流沙中。

但重要的，

不是在这里。

2

“她们独自跳舞。”

为那些失踪的人，

为那些永不复返的事物。

她们的舞姿光怪陆离。

仿佛是来自节日过后的

格尔尼卡小城，

又像是热带雨林深处的

一次祈神仪式。

总有些人，

于沉睡中醒来，

加入她们……

3

“那可能是我。”

假如你需要，

这是我最后

可以说的话了。

在这疯狂和难以理喻的世界上，

我正奋力划桨而来。

而你无从察觉。

2003.6.4

歌声

很多年过去了

我又听见你的歌声

如一根针

从时光的暗河里拔出

有着你早已了解的疼痛

还有我未曾忘却的冰冷

如你小小的手

蜷在我一袭长衣深处的

冰冷

2 0 0 3 . 6 . 9

那些悲伤的人

那些悲伤的人正优雅地穿过

等电车的人群。

与身旁将被带走的石像不同，

他们有着

轻盈的脚踵。

那些撕碎的脸正一点点收缩

成古怪的笑容。

和手中紧紧攥住的花束一样，

它们有着

僵硬的折痕。

2 0 0 3 . 7 . 2 8

契可夫斯基的新娘

不止一次，

她从奥德萨村庄的日暮里走出。

在那朝向远方的，弃妇的

苍白脸颊上，

残留着白昼细小微红的齿痕。

他身处瑞士的山谷中。

一面聆听松涛阵阵，

一面仍战栗着记得那种爱，

那种本应习以为常的

伐木工人对于早春树林的爱。

月亮的嘴唇缓缓锯过

阴影中年轻的身体。

头颅和四肢被丢掷，

只剩下躯干，

等候正午阳光的曝晒。

这痛苦如此巨大。
以至于和他相比，
贝多芬是幸福的，
米开朗琪罗和凡高
也是幸福的。

没有了爱，
她就是没有骨头的芦花，
渐渐干枯。
而他仍可以草草地活下去，
继续写作不朽的乐章。

后来，他渴得要命。
虚幻的光芒中他回想起
深渊之桥上的婚礼。

三座棚曾被小心地搭建在
三个方位。
在那座被遗忘的白色小棚里，
端坐着柴可夫斯基的新娘。

2003.8.26

莫扎特，莫扎特

我，和我的十个手指
坐在黑暗里。

橘红色的黑暗，
一颗橘子内部的黑暗。

一束光穿过它们，
一束光把无法穿透的黑暗印在

洁白的墙壁上。
七个小矮人依次登场，

他们手舞足蹈地
唱着记忆中的歌。

在远方，公主正穿上

雪白的纱衣，正面对整个春天

梳妆。而世界在她的鼻翼

轻轻地颤动。

我，和我的小矮人们，

停下来屏住呼吸。

莫扎特，莫扎特，

天空多么蓝。

2 0 0 3 . 9 . 2 0

最初的河床陡然倾塌，

迎接流水的，是风。

抱着回返天空的心情，那些死去的雪

将经受第二次坠落。

随后，还会有无数次

大大小小的坠落。

而在被海鸟唤醒的刹那，

它单单只记得这第二次。

最真切，但不可悔改。

2 0 0 4 . 4

纸箱子

纸箱子

你一定还记得那些捆扎结实的纸箱子。

汛期来临的时候，它们漂浮于每一条楼道，

像男孩子们手里的船模，轻盈而坚固。

这曾让人觉得安心，

因为我只有两只手，你也一样，

不能带走一切。

可我能不能告诉你，我正听见

它们不断下沉的声音？

而原以为它们会顺流直下的，

以为它们会先我们一步，

抵达桃源的深处，早早准备好无数

令人唏嘘的礼物。

我能不能告诉你它们正在沉没，

正穿过幽暗的水藻，

穿过迁徙的鱼群和漩涡，

以及一层层绵软如糖的流沙？

我能不能告诉你，

它们正静静地躺在我身边，

而一切都不曾被毁灭，

它们只是从水面消失？

2 0 0 4 . 8

卷耳

能有力量长久跟随我们的

是刺，不是花瓣。

这是多么悲哀的想法。

当满头大汗的少年从灌木丛中跑出，

细小的卷耳沾满他的全身，

他才不会这么烦恼。

他将像收集子弹一样，收集这带刺的卷耳，

预谋着在来日的课堂上

发动一场针对长头发的战争。

他这么想着就笑了。

不远处，采野菜的妇人

仍低着头。

2005.9

在某个时刻
遇见雪

惟有单调的石阶，

让我们以低头的方式接近天空。

才看见十字架上，那人

也低着头。

被抛入尘世的人，终于

把所有重量抛入山谷。

风中疾涌的白色星星，

天井里无数雨水的眼睛。

2005.11.24

境遇

从遥远村庄刮来熟悉的雪，

溅起浑浊的欢笑。

这是万物生长的城市，

没有什么可以覆盖一切。

那天我站在窗前，

看着白色的热情一点点退守至半空。

想抽身离去已是不可能，

想一起生活亦是不可能。

2006.3.7

镜子

旷野里忽然起了巨大的风

让他得以止住脚步

侧身回望

那个镜子中的少年

其实并不曾惊恐，只是耽溺于一种无聊

一种还没有被琐碎的好奇心损毁的生活

他尚且懂得

如何从白昼的散乱中

耐心地收集自己的面孔

母亲一直在堂屋和人说话，这让

房间里渐渐降临的昏暗

也显得安心

2 0 0 8 . 2

玛格丽特与大师

那个用洋槐花装扮三十岁春天的女子

在嘈杂汹涌的大街上需要

被一个人遇见，

风中狂奔的洋槐花需要

一个长长的吻，

在身体深处的蜜尚未干涸之前。

他是一张慢慢形成的脸，

形成了，就不会消失。

就被她守护。

地下室雨水滴答

被烤土豆弄黑的手指又插进头发里，

她反复阅读他写的每一个字，

并暗暗将自己缝置其中。

在被葛藤缠绕之前，他只是

无用的樛木。

这地下室里的大师

被忽如其来的热情所缠绕，

晕头转向，破壳而出，

埋住丁香花丛的雪堆随即将他埋没。

她弄丢了爱人，因为轻率的爱。

为了重新找到他，

她甚至学会了飞翔。

她飞越灯火辉煌的城市，

飞越迎面而来的大地，

飞越森林、湖泊，和银白色的夜空。

群星、月亮，以及泪水浇灌的生活

都疯狂地后退，

叶尼塞河谷里雾气蒸腾。

她重新生长，散发光辉，

于是，白嘴鸦将她连同春天一起带回来。

她成为夜店女王，被撒旦选中，

一切恶和坚硬魂灵都向她屈身，

亲吻她的膝盖。

而她只是发疯般想念他，

出于骄傲，她拒绝开口请求。

一个人怎能请求原本就属于自己的东西。

“亲爱的女士，您可以要求一件事。”

欢宴过后，无所不能的那人抛出古老诱惑。

要求幸福，是的，然而，假若只有一次，

那个用洋槐花装扮三十岁春天的女子

要求的竟是——他人的幸福。

“陀思妥耶夫斯基是永生不死的。”

黑猫高声叫道。

风雨如晦，

光明与黑暗，循环往复。

那些毁于火的，终将从火里重生。

沉沦于深渊的，又自星辰间涌出。

终于，她又见到他，

仿佛初生的胎儿蜷伏于灰发之中。

见惯了炼狱锻造的狂野魂灵，

她对人类的软弱和卑微有些陌生，

迟疑地，她伸出手，请他抬起头，

那是一张慢慢形成的脸，

形成了，就不会消失。

就被她守护。

2 0 0 9 . 6

雨已经落下

雨已经落下。

决定性的时刻已经过去。

走向未来的路，被风切割成

无数细小章节。

他感觉自己就像阿基琉斯

正奋力地穿越宛若永生的赛道。

谁此刻孤独，就永远孤独。

谁此刻能够安宁，

就永远安宁。

那在一阵眩晕中扑面而来的，

无论是刀刃般的大地抑或

抹香鲸舞蹈的海洋，

对他而言，都是一颗崭新的星辰。

温暖的星辰。

2009.8.30

2011.1.31

死亡课

是不识字的奶奶

给我们上的

第一课，

也是

最后一课。

四面八方赶回的

生者

支起牌桌，

通宵达旦地

倾听着。

2010.3.21

时光

旧书册读至某面，

被折痕轻轻阻断。

他起身去做事，

尝试忍受真实。

随后，他就忘了

之前在想些什么。

爬山虎挂满窗棂，

斑头雁飞过天空，

都是多么缓慢的瞬间。

2010.4

雨滴

雨滴

——为马雁

我们最后总是会坐在台阶前

把雨滴和青草编织成河流

那细小坚定的旅行者正盘算

亿万年都不停止的征程

我们都曾是很好的织者

织出过绚烂光华也织出了

痛苦且动人的银河

这骄傲旧习难改　你轻笑

我也跟着绽放

手指间的雨滴也绽放

在石板上

而这是安静的午后

有人推开院子的门看见

我们正坐在屋檐

2 0 1 1 . 3 . 2 4

棕榈

我看见棕榈狂乱地摇摆，

时而，又保持颤动的安宁。

尖利叶梢耷拉，有残损的锈迹。

我猜她正经受风，我猜

却不能体会，那大块噫气。

大块的，玻璃，横在我们中间。

犹如那些骄傲畸人，

黑色独腿兀立大地，

手上剑盾有永远鲜绿的杀气。

那黑暗的秘密的花串，

在高处纷纷闭上眼睛，

醒来，是秋天最年轻的谷穗。

2011.5

正如群星之间的阿基米德

正如群星之间的阿基米德

对于一切沉重事物的轻蔑，

为了从暗物质的缝隙

撬起一首诗，我只需要你

成为一个足够坚定的词。

这样，即便世界毁于火，

或毁于水，即便所有的图书馆

坍塌，字典腐烂，未来的族类

还是可以沿着时间的杠杆

找到我们。怀抱这样巨大的

信念，我奋力越过火焰的明暗，

与流水的潺缓，而你轻笑

这样的虚妄，转身在词语中探寻

某个能够作为支点的人。

2004.3.

2013.1

死亡不该被
严肃地谈论

死亡不该被严肃地谈论，

离去的人不该被面带忧戚地怀念，

因为痛苦不停消耗痛苦，

而哀伤最终会阻断哀伤。

落叶不该被囚禁成书签，

尤利西斯不该在爱与迟钝中干枯，

孩子们或海浪会捡起他们，轻轻地

撕碎，再毫无意义地丢弃。

那些生活在一个地方的人也不会

每天遇见，那些遇见的人也不会

时刻拥抱，那些拥抱的人

没有办法相互凝视。

就像我们在大风中点燃一支烟，

就像我们面对面坐着都不说话。

2013.1.2

朱家角

很多人拍打着石栏杆

俯身询问船板上河鲜的价钱

好天气，清明已过

浑浊的水面时常被渔网割破

那些途经此地的鱼们

之前并不知晓

今夜会遇见哪一座酒楼的厨子

哪一些沿河而行的花束

性急的孩童匆匆撕掉日历去叠纸飞机

眼神清厉的老妪立在家门口煎油墩子

牛角梳斜躺在

青石板的地面

扫墓人起身离开，赶在暮色前

一觉醒来，车窗外仍只见

黑瘦的树

高楼和灯火都还在远处

2009.4

2013.3

雪佑

雪后，所有的屋檐

都在说话，

嘀嗒嘀嗒，那不是可以心安理得

听到天明的雨声，

那是不可倒置的沙漏的慌乱。

街上，被践踏过的雪

和晒太阳的老人，

都蜷缩在路边，无声无息，

眼睛一直努力睁着，像个艺术家，

虽然越来越混浊。

他总是害怕这样的雪后，

所以一整天都关在办公室里，

埋头听大提琴反复拉出一支简单的曲子——

无言的歌。

2008.2

2013.7

茅草花

"受伤时我们便回到某些河流的岸边。"

——米沃什

透过车窗他可以看见

它们散立在旷野

逐水聚居的芦苇忽然

被大风吹得变形

他从来不去记录

生活中不愉快的时刻

群山深处的隧道

黑暗猛然袭来又慢慢退去

有一种成年人怯懦的

洁癖吗

抑或某种孩子气的强悍

企图仅仅为深爱之物所环绕

在他身旁，背井离乡者带着候鸟

于假期迁徙，为打发旅途的枯寂

他们平静地抱怨

好像它们在窗外平静地盛开

2 0 1 3 . 7

我喜爱一切不彻底的事物

我喜爱一切不彻底的事物。

细雨中的日光，春天的冷，

秋千摇碎大风，

堤岸上河水游荡。

总是第二乐章

在半开的房间里盘桓；

有些水果不会腐烂，它们干枯成

轻盈的纪念品。

我喜爱一切不彻底的事物。

琥珀里的时间，微暗的火，

一生都在半途而废，

一生都怀抱热望。

夹竹桃掉落在青草上，

是刚刚醒来的风车；

静止多年的水

轻轻晃动成冰。

我喜爱你忽然捂住我喋喋不休的口，

教我沉默。

2014.4.19-20

新天使

他垂手肃立

从天堂吹来的风暴

遂只能掀动

他黑色长袍的一角

但里面的白鸽就此飞走了

他企图转身

猛然又似乎想起

那位拜访过地狱的

名歌手

脖颈遂僵硬成某种不彻底的决断

难以回头，也无法再凝视面前的世界

他就这么歪着脑袋站在

离地一英尺的空中

像一个厕身于自己命运的人

随时会飘走，随时还在原地

2014.4

在萨拉乌苏

1

此刻我们坐在斜坡上观看

低处泉眼中泥沙的变幻。

那儿是喷薄不息的宁静，

地下迷宫里热烈探索的心灵。

有人赤足测量星云的温度，

留下几声尖叫，牛羊就抬起头颅。

而河流依旧温暖，依旧深藏

动人的漩涡，映照出天空

蓝青色笑容。但柳树一再地

戕伐自身，好从伤口萌生温柔与细密，

好吸纳一切穿越它们躯体的尘灰，

且让自己还能免于大风的摧毁。

你知道的，欠缺是一个名词，就像亿万年前

湖泊慢慢干涸，再长出铺满青草的群山。

2

他们白天漫游，再如暮色从四面

聚合，用一些古老问题打发夜晚。

比如这一次，他们竟然谈到了

动力的来源。究竟是什么

让一个人可以生活下去，

有勇气醒来，起身，走长的路。

很多人诉诸于好奇，讲述种种

朝向未知世界的热情。

但他对此知之甚少。他不是因为

日光底下的新事，才生出感谢和赞美。

他欲求的只是挽留。那些像干树枝一样

不断在身后折落之物，它们闪着微光，

是衰变期的星辰，正因他的执拗，

才没有毁灭，才随他充满动荡不息的宇宙。

3

那个老人带领我们攀上清晨的沙丘，

它悬在峡谷顶端就像烈日轻轻奔走。

很多年前他尽力插下的细小柳枝，

很多都已经死去，不能向他致意。

但他熟悉这里每一处尚且活着的事物，

以及每一片流沙深处跃跃欲出的颧骨。

静静的，我们潜行于白垩纪的风声里，

而黑蚂蚁悄悄书写，今天的日记。

它也许见过那些端坐在尘灰中的人，

见过那些像猫一样，吞食污浊以洁净自身的人，

见过因为寻求幸福而被损坏的人，

也见过怀揣秘密、因而幸福的人。

瞧，那个老人随手掘出一块骨头，

说，十万年前有过一只奔跑的犀牛。

4

在艾草和沙芥编织的宇宙网眼中，

在向着无限空间蔓延的沙粒之上，

他们尚有时间朗读那位法国神父的作品，

关于整个世界如何最终呈现为天使的面容。

“我们耳熟能详的古希腊人或古罗马人而今安在？

最早的纺车、最早的马车和最早的炉灶安在？”

去年的白雪安在？

那将炬火交付之后隐没在黑暗中的跑步者安在？

难道，不正是借助这些不断失去之物，

“宇宙中有些东西在摆脱熵”，犹如

呼啸向上的火箭在摆脱地心的牵引，

那狭小的顶部舱室中，收藏有人类最后的心灵。

他被这个决断深深打动，

就像他曾被另一位发明幸福者所打动。

5

或许是我们的生命黑暗，

所以能突如其来地见到银河。

沿着它，可以找到十字形的天鹅，

它正又一次掠过沉默明亮的织女，

让我想起无边的细雨，

以及细雨之上汹涌燃烧的冰雪。

一个人该怎样才能够不再胆怯，

该怎样理解有关幸福的发生，

我们亲手点燃不可命名的篝火，

并肩看它升腾，又碎裂成

黑色的光。

一个人该怎样在盛宴前

放慢脚步，在结束时保持清醒。

怀抱无限的怜悯，虚构出地狱的完整。

2014.2.6-2014.4.12

但丁在地狱

的门前

要保持绝对的卑微，

要低到尘灰里。

听凭爱

肆意弯曲你的身体。

要放弃任何言语的诱惑，

在此地，承诺毫无意义。

要体会那些从未有过的情感，

它们噬咬你，也洁净你。

要接受教人颤栗的美，和不安，

它们降临，存在，它们毁灭。

要做温柔的爱者，

在推开门的那一刻，

没有信念，也不去希望。

2 0 1 4 . 6 . 1 3

日落

我们沿湖而坐，

看流水和斜光里的幻觉。

那不是纳西瑟斯走向自身的平静，

那是对于晃动不安的

星辰的认识。宇宙中晃动不安的

海盗船，我们身处两端，

每次眩晕都以为

是在相互靠近。

山寺里，那些没有信仰的人

正拜向四面的佛，

而我们正看着落日落进楼群，

就像我落入你的心里。

2015.3

听斯可唱歌

听斯可唱歌

我们一起席地而坐。

我，野兔，巧虎还有小猪，

相互挨着，努力挺直身板。

我比野兔高一点，野兔比小猪高一点，

个子最小的是巧虎，

但我们现在都没有斯可高，

因为她是站着，就在我们面前，

两岁的眼睛清亮，笑容神秘，

世界在她的鼻翼轻轻颤动，

我要他们停止窃窃私语，

要安静，

演出就要开始，

我们都是有礼貌的绅士，

一定能够屏声静气地听完

长长短短的歌，

然后，再像野蛮人一样鼓掌和喊叫，

演员和观众在这一刻交换了角色。

2011.11

重复

我们仿佛有足够的时间可以支配，

可以一直重复

很多简单的事。

你可以用小小的手指不停划过

长满象形文字的天空，向我一一打听

万物的名，和他们正在做的事，

而我要打起精神，当作是第一次

和你谈论他们；你可以毫不留情地

翻完一本书如草率过完一生，

随后又来到第一页，看着我，

而我要鼓足勇气

相信即将读给你听的，是一场崭新的征程。

你可以一次次邀请我

做同样的游戏，

一次次藏在同一块窗帘后面，

而我要假装

再也找不到你，

你一次次尖叫，大笑，

而我有点恍惚，仿佛稍不留神，

就真的有可能找不到你，

因为你在时间之外，

你做的每件事情，就像蜂鸟扑闪羽翼。

而我要小心地，不惊动你。

2012.1

变化

时常，你愿意以另一种形状

显现在我身边，

起初为鸟，为蝴蝶，

又为兔子和猫咪，为小鸭……

为女孩。

你熟谙这些温顺而活泼的生灵，

轻易地可以穿梭其中，

并召唤我也紧紧跟随，这

多少有些困难，因我的身躯沉重，

也许更适合变作某种灌木，

向着你即将到来的日子蔓延，

并庆幸，你尚未想到

要成为我够不着的流水，云朵，

成为飞越积雪山巅的斑头雁，抑或

燃烧的星辰。

生命在你，变化也在你。

然而恩培多克勒早已懂得，

已经存在的，就永远存在，

况且还有爱，用多少牙齿咬住我们，

让我沉默却不至于变成虚无，

让你安静却始终能被我认出。

2012.12.24-25

夜晚

愿我有朝一日，在严酷的认识的终端，

依旧有力量记起这些哄你入睡的夜晚：

关上门，拉好窗帘，收拾完书本，熄灯，

黑暗四面袭来，你啜饮牛奶，

随后将小小的身躯交付于我，

要我带它渡过河流，

有时你执拗的凝视令我焦躁，

一个人如何目睹自己入睡，

如何观看昼与夜的搏斗，

并提出各种各样奇怪的要求，

仪式一般，教人疲惫，

又教人渐渐安静，

我轻轻拍打你如拍打翅膀，

我们一起做梦吧，你说。

有时，你会从很深的夜中潜回，

闭着眼睛哭泣，唇边还残留

白天的碎片，将我惊起，

将你揽在怀中，

一个人如何是火焰里身，

又如何是炭库里藏身，

外面月光如雪如鹭，

映得窗帘洁白，映得

你呼吸均匀深沉，

我不记得做过比这更美好的梦。

愿我有朝一日，在另一个不可悔改的开端，

向天使唤醒这些哄你入睡的夜晚，

就像被你唤醒的，群鸟纷飞的清晨。

2 0 1 2 . 3

动物园

海龟在玻璃里面扇动翅膀，

秃鹫扬起的空气中有铁锈的味道，

其他的大动物们在睡觉，

姿势最难看的自然是熊猫，

它四仰八叉，灰蒙蒙的肚皮就好像

离开黑社会多年的浪荡汉子，

惟有一只年轻的灰狼，

宛若舞会散场后意犹未尽的轻骑兵，

不停地在作折返跑的运动。

你似乎对这些都不感兴趣，

只是盯着有“禁止喂食”字样的标牌，

反复询问我其中的意思，

我遂指给你看不远处，有人

把面包屑丢给豹，

拿薯片砸向老虎，

他们统统是不对的，你总结道。

背朝着人头攒动的狮山，

你趴在路边低矮的画框前久久不动，

在那里，非洲的草原，

狮群正围猎斑马。

后来，我们走过一座喧闹的吊桥，

桥下有长角羚羊安静地低头，

我记得你又驻足了很久，

我至今也不知道

当时的你是在看羚羊，

还是在看吊桥上永远晃动不安的人流。

2012.5

一天

天亮了为什么还要睡觉
我难以回答这样严肃的
问题，只好听任你起身
把昨夜读过的书一本本
重新翻过，再赤足下床
去摇醒困意无限的房间。
必须提到喷泉你才愿意
漱口，必须杜撰出一篇
有关小虫子的骇人寓言，
你才会把牙齿交给牙刷。
梳洗罢，你要自己挑选
好看的衣裳，要我带你
去吃早饭，然后满世界
转转，看你草地上奔跑，
树荫下玩耍，立在千条

栏杆之外，等孔雀开屏。
中午，我们手拉手回家，
我只会做简单的蛋包饭，
你并不挑食，也不介意
我的厨艺，只要我耐心
面对你翻来覆去的提问，
你会认真记住我最初的
回答，我自己也要认真
记住。这就像一场考试，
你是我正在努力完成的
不能涂改的试卷，激励
我，也检验我；外面的
风旗飘扬，江水也奔流，
一天正慢慢过去，你是
我走过的迷宫中的道路。

2012.8.24

理解

你把眼睛藏在清晨的被窝里，

我就知道是生气了，抑或

是想让我知道有人生气了。

我说我不是故意

要把赖床的小孩晾在一边，

我只是抽空去洗洗头发。

你伸出手来摸摸

我的湿头发，

表示你已经原谅我了。

我遂有些得意，和难过，

生活是粗糙的，

一个人不该习惯于期待

另一个人的理解，

那些在捉迷藏游戏中的失踪者

是他们自我的囚禁者。

也许是冬日的缘故，

我就把这个道理顺口讲给你听了，

你点点头，用力做出很懂的样子。

很快，你要被送去学校，

慢慢娴熟于谎言的技艺，

那时候我就没法很快理解你了，

这个事实，我忍住没有讲出来。

2 0 1 3 . 3

识字

你有那么多不认识的字，

竟还无所畏惧，

每天都兴高采烈地开始，

这真叫人羡慕。

似乎你并不着急

从混沌中析取所谓真实，

我也只是让夜晚

邀它们围坐在树叶之间。

你有那么多不认识的字

有时它们被图画和故事照亮，

也彼此照亮，如萤火虫般，

也照亮了 野蛮人。

野蛮人记得它们揉碎在一起的声音，

揉碎在一起的颜色、动作以及光芒。

野蛮人记得一个完整的世界。

而我记得 完整的你。

2 0 1 3 . 9

眼泪

我时常不能够明白，

为何你竟携带那么多的眼泪。

一不小心

它们就倾泻如烈日下的蜂群，

无有尽意，

令人愤怒，且痛楚。

但我想它们都是真的，

它们和每一根连通小心脏的蜇刺

都是真的。

我想你是真的很难过。

叶子和纸盒搭建的城堡，白纸折成的钢琴，

眨眼间就被损毁，

而溜溜球、小花贴纸还有无数的细碎珍宝，

转身就寻找不到。

这个世界的确太多

让人担心和难过的事，

何况我们还会

相互计较，生气，和折磨……

有时，我或许只应该庆幸，

毕竟是狂暴的爱而非狂暴的恨，

才构成了那么多的眼泪，

才构成了那么多，你双眸深处倾斜的海洋。

2013.11

游戏

借助一些心爱之物，

你已经可以独自创造

小小的游戏。

它们单薄，任性，脆弱，

但因为你是认真的，

我也就引以为真。

遂轻声轻气地企图融入

你只身漫游的奇境，

企图扮演游戏中必需的失败者，

用拙劣的悲伤来哄你开心。

你却大笑着安慰我说，这一切都是假的。

你竟然知道，这一切都是假的。

你竟然可以怀揣这样严厉的洞见，

继续奋力投身其中，以全部的热诚。

在泪水和笑声构成的暴风雨中，

你是出入无疾的精灵，

而我是，流连于海洋的水手，

震摄于一种如此轻易的毁灭，

一种如此轻易的完成。

2014.6

后 记

这里收录的，是我二十五岁之后写的诗。在这个年纪，有很多诗人已经完成，但总归还有一些迟缓的写诗者，才刚刚找到一点点属于自己的音调，我曾以为自己是他们中的一员。然而在随后的十多年里，这个迟缓的写诗者最终呈现出来的样貌，依旧是单薄的。这源自作者的缺乏诗才，但或许也因为作者相信，诗仅仅是生活中最必要时刻的产物，是在一些平静的瞬间，把那些在回忆中最难以摆脱的情感，写成诗，以便将它们忘却。

很多年前，朋友在光华BBS上发帖子谈到：“waits最近写的大部分都可以归入情诗，而写情诗是困难的。这种情绪太不受约束，不过我想他会写出更好的情诗。像对国年路上的圣诞

老人那样，把情绪积淀着，当它们丰厚时，缓缓地托举出来，像一个沉郁的巨人带来风暴，和风暴前的宁静。”

我至今也不敢说，我业已写出的这些分行文字，能称作情诗，能带来何种的风暴。因为它们大多，仅仅是无情之后的姿态罢了。但某种意义上，它们的确都和爱若斯有关，和那个《会饮篇》里的主角，丰盈和贫乏之子，有关。

出于设计师的提议，这本诗集内文里每首诗的名字，以及其中出现的涂鸦，都是由我的女儿斯可书写的。那些涂鸦大概是她四周岁左右画的，而今年写这些字的时候她大约五周岁

半。之前我并没有专门教过她写字，所以这些字都是为了这本诗集的缘故让她临时现学现写的。我想其中的很多字她虽然早已认识，虽然如今又一笔一划地写了出来，但依然并不能明白其中的意思，但她还是为之欢喜雀跃，像是完成了某种创造。所以要特别地感谢她。另外，要特别感谢我的编辑顾晓清和设计师周伟伟，我觉得非常幸运，能够又和他们一起完成一本美好的书。

“Go, little book.”

张定浩

2015年初夏

图书在版编目（C I P）数据

我喜爱一切不彻底的事物 / 张定浩著. -- 上海 :
华东师范大学出版社, 2015.5
ISBN 978-7-5675-3655-5

Ⅰ. ①我… Ⅱ. ①张… Ⅲ. ①诗集－中国－当代
Ⅳ. ①I227

中国版本图书馆CIP数据核字(2015)第123703号

我喜爱一切不彻底的事物

著　　者　张定浩
策划编辑　顾晓清
书籍设计　周伟伟

出版发行　华东师范大学出版社
社　　址　上海市中山北路3663号 邮编 200062
网　　址　www.ecnupress.com.cn
客服电话　021-60821666
邮购电话　021-62869887
网　　店　http://hdsdcbs.tmall.com/

印 刷 者　山东韵杰文化科技有限公司
开　　本　787毫米×1092毫米　32开
印　　张　6
字　　数　35千字
版　　次　2015年6月第1版
印　　次　2023年7月第8次
书　　号　978-7-5675-3655-5/I·1379
定　　价　59.00元

出 版 人　王　焰

如发现本版图书有印订质量问题上，
请寄回本社市场部调换或电话021-62865537联系

定价：59.00元（精）
www.ecnupress.com.cn